Benita von Eichborn

Bäuerliche Küche

echt und herzhaft

Ostfriesische Speckdicke · Oldenburger Schnippelbohnen · 2× Pickert · Braunkohl Braunschweiger Art · Pfefferpotthast · Hessischer Apfelauflauf · Fränkischer Zwiebelblatz · Motten und Klöße · Grumbeersupp · Schwäbische Krautkrapfen · Linsen-Spätzle-Topf · Dotschwuchtele · Pfälzer Eierkraut · Dukatennudeln · Pommersches Gänseklein · Sächsische Quarkkeulchen · Schlesischer Schwärtlbraten · Mohkließla · Heringskartoffeln · Kurländischer Speckkuchen · Gesottenes mit Semmelkren · Germknödel mit Mohn · Bündner Gerstensuppe · Schinkenfleckerl · Aargauer Schnitz und Drunder · Apfelwähe

Gräfe und Unzer Verlag

1. Ostfriesische Speckdicke

Saftig und kernig und gewiß nicht als Schlankheitsdiät geeignet ist dieser Ostfriesenschmaus. Zwei Tage dauert es, bis sich die Aromen der Zutaten gemischt und den Teig durchdrungen haben. Das ist die Garantie für zwei Tage Vorfreude auf das Speckdicke-Fest.

Zutaten für 12 Waffeln:
500 g Weizenmehl · 200 g Roggenschrot · 250 g Schweineschmalz · 100 g Hafergrütze · ¾ l Milch · 150 g Rübensirup · 2 Eier · je ½ Teel. gemahlener Zimt und Anispulver · 250 g feste Mettwurst norddeutsche Art
Für das Waffeleisen:
Speckschwarte
etwa 2290 Joule / 545 Kalorien pro Waffel
Zubereitungszeit: 45 Minuten
Ruhezeit: 1–2 Tage
Backzeit: 60 Minuten

- Das Weizenmehl mit dem Roggenschrot mischen.

- Das Schmalz bei sehr schwacher Hitze zerlassen.
- Die Hafergrütze in die kalte Milch einstreuen, unter Rühren zum Kochen bringen, bei schwacher Hitze 10 Minuten kochen und dann etwas abkühlen lassen.
- Den Sirup und das Schmalz unterarbeiten und die Masse völlig erkalten lassen.
- Die Eier, das Mehlgemisch, den Zimt und das Anispulver zur Hafergrütze geben und solange rühren, bis ein glatter dickflüssiger Teig entstanden ist. Den Teig zugedeckt 1–2 Tage an einem kühlen Ort ruhen lassen.
- Vor dem Backbeginn die Mettwurst häuten und in Scheiben schneiden.
- Das Waffeleisen mit der Speckschwarte einfetten und heiß werden lassen.
- Jeweils 1 kleine Schöpfkelle voll Teig im Waffeleisen verteilen und 3 Scheiben Mettwurst auf den Teig legen. Das Eisen zuklappen und die Waffeln backen.
- Die gebackenen Waffeln warmstellen, bis alle fertig sind.

2. Oldenburger Schnippelbohnen

In den nördlichen Regionen Deutschlands gibt es in vielen Bauernküchen zum »Schnippeln« Bohnenschneidemaschinen, deren Schnitzelwerk mit einer Handkurbel gedreht wird. Aus der Zeit, als es noch keine Gefriergeräte gab, stammt der Brauch, Schnippelbohnen mit Salz in Steinguttöpfen einzulegen. Die Milchsäuregärung macht dabei das Gemüse haltbar und sorgt für einen angenehm säuerlichen Geschmack.

Zutaten für 4 Personen:
750 g frische grüne Stangenbohnen
75 g geräucherter durchwachsener Speck in Scheiben · ½ l Milch ·
2 Teel. Salz · 60 g Butter ·
2 Eßl. Mehl · 1 Teel. Zucker
etwa 1120 Joule / 265 Kalorien pro Person
Zubereitungszeit: 45 Minuten

- Die Bohnen waschen, abtropfen lassen, von den Stielen und Blütenansätzen befreien und, wenn nötig, die Fäden abziehen. Die Bohnen schräg in Scheibchen schneiden.

- Etwa 1 l Wasser zum Kochen bringen, die Bohnenscheibchen darin bei schwacher Hitze 20 Minuten kochen und dann in einem Sieb abtropfen lassen.
- Den Speck in kleine Würfel schneiden.
- Die Milch mit dem Salz zum Kochen bringen.
- Die Butter und das Mehl mit einer Gabel zu einem Kloß verkneten und diesen unter ständigem Rühren mit dem Schneebesen in der leicht kochenden Milch auflösen. Die Sauce solange schlagen, bis sie sämig geworden ist.
- Den Speck und den Zucker unterrühren. Die Bohnen zufügen und noch 5 Minuten in der heißen Sauce ziehen, aber nicht mehr kochen lassen.

Paßt gut zu: Matjesfilets und Salzkartoffeln

3. 2x Pickert

Im Münsterland, der Heimat des Pickerts, liebt man Kartoffeln!

Lappenpickert

Zutaten für 4 Personen:
1 kg Kartoffeln · 5 Eier · 1 Messersp. Salz · 175 g Mehl · ⅛ l saure Sahne · 1 Speckschwarte
etwa 2210 Joule/525 Kalorien pro Person
Zubereitungszeit: 45 Minuten

- Die Kartoffeln schälen, waschen, reiben und in einem Sieb leicht ausdrücken; das Kartoffelwasser wegschütten.
- Die geriebenen Kartoffeln mit den Eiern, dem Salz, dem Mehl und der sauren Sahne verrühren.
- Eine schwere große Bratpfanne mit der Speckschwarte ausreiben, erhitzen, den Kartoffelteig einfüllen und von jeder Seite in 5–8 Minuten bei schwacher Hitze goldgelb braten.
- Den Kartoffelfladen wie eine Torte in Stücke schneiden und heiß servieren.

Dicker Pickert (nicht abgebildet)

Zutaten für 4 Personen:
1 kg Kartoffeln · 500 g Mehl · 3 Eier · 1 Teel. Salz · 20 g Hefe · ⅛ l Milch · 1 Eßl. Zucker · 60 g Rosinen
Für die Form:
Butter und Semmelbrösel
Zum Braten: 3 Eßl. Butter
etwa 3660 Joule/870 Kalorien pro Person
Zubereitungszeit: 30 Minuten
Backzeit: 1½ Stunden

- Die Kartoffeln schälen, waschen, reiben und gut ausdrücken.
- Das Mehl auf die Kartoffeln sieben. Die Eier und das Salz zufügen.
- Den Backofen auf 180° vorheizen.
- Die Hefe mit der lauwarmen Milch und dem Zucker glattrühren und mit den gewaschenen Rosinen unter die Kartoffelmasse kneten.
- Die Masse in eine vorbereitete Form füllen, im Backofen 1½ Stunden backen, stürzen, in Scheiben schneiden und diese in der Butter goldgelb braten.

4. Braunkohl Braunschweiger Art

Wurstbrühe, die an Schlachttagen auf dem Bauernhof reichlich vorhanden ist, kann man beim Fleischer in der Stadt leider nicht kaufen. Sie duftet nach Majoran und schmeckt würzig-kräftig. Ihr hervorstechendes Attribut sind glänzende große Fettaugen. Braunkohl in Wurstbrühe gegart, mit frischer Brägenwurst, ist das traditionelle Schlachttagessen im Braunschweiger Land.

Zutaten für 4 Personen:
1½ kg Braunkohl (Grünkohl) ·
¾ l Wurstbrühe (oder ¾ l Wasser und 500 g Schweinenacken) ·
½ – 1 Teelöffel Salz ·
weißer Pfeffer · 4 Brägenwürste oder Kochwürste oder 4 Kasseler Rippchen
nach Belieben: 1 Kartoffel
etwa 3845 Joule / 920 Kalorien pro Person
Zubereitungszeit: 60 Minuten
Garzeit: 1½–2 Stunden

- Die Kohlblätter von den Rippen streifen, gründlich waschen und mit

kochendem Wasser überbrühen. Das Wasser abgießen und den blanchierten Braunkohl grobhacken.
- Den Braunkohl mit der Wurstbrühe zum Kochen bringen. Wird keine Wurstbrühe verwendet, das Schweinefleisch waschen, in Würfel schneiden und mit dem Kohl und dem Wasser zum Kochen bringen.
- Den Braunkohl in 1½ Stunden zugedeckt bei schwacher Hitze garen. Der Kohl muß unbedingt weichgekocht sein.
- Den Braunkohl mit dem Salz und Pfeffer abschmecken. Die Würste oder die Rippchen auf den Kohl legen und 5 Minuten erhitzen.
- Sollte zuletzt noch zuviel Flüssigkeit vorhanden sein, die Kartoffel schälen, waschen, in den Topf reiben, unterrühren und den Kohl bei schwacher Hitze weitere 5 Minuten kochen lassen. Die Kartoffel bindet dabei die Flüssigkeit.

Das schmeckt dazu: Salzkartoffeln oder kleine Pellkartoffeln in Butter gebräunt

5. Pfefferpotthast

Das Westfälische Nationalgericht schmeckt wie so mancher deftige Fleischtopf aufgewärmt noch besser. Die Silbe »hast« hat nichts mit Eile zu tun, sondern deutet auf das althochdeutsche Wort »harst« hin, was etwa mit Bratpfanne zu übersetzen ist.

Zutaten für 6 Personen:
750g Zwiebeln · 750g Rinderbug oder -rippenstück ohne Knochen · 50g Schweineschmalz · ½–¾ l Fleischbrühe · 1 Teel. Salz · ½–1 Teel. frischgemahlener schwarzer Pfeffer · 1 Lorbeerblatt · 3 Gewürznelken · 5 Pfefferkörner · 1 Teel. abgeriebene Zitronenschale · 150g Graubrot oder Schwarzbrot · eventuell 1 Eßl. Zitronensaft
etwa 2445 Joule/580 Kalorien pro Person
Zubereitungszeit: 60 Minuten
Garzeit: 1½–2 Stunden

- Die Zwiebeln schälen und in Ringe schneiden. Das Fleisch waschen und in Würfel schneiden.

- Das Schmalz rauchend heiß werden lassen. Zuerst die Zwiebelringe, dann die Fleischwürfel darin kräftig braun braten.
- Die Fleischbrühe erhitzen.
- Das Fleisch mit dem Salz und dem Pfeffer bestreuen, die heiße Fleischbrühe zugießen und aufkochen lassen.
- Das Lorbeerblatt, die Gewürznelken und die Pfefferkörner in einem Mullsäckchen vom Topfhenkel in die Brühe hängen lassen.
- Das Fleisch zugedeckt bei milder Hitze in 1½–2 Stunden weich schmoren, dabei, wenn nötig, etwas heiße Fleischbrühe nachfüllen.
- Das Gewürzsäckchen entfernen. Das geriebene Brot und die Zitronenschale unterrühren.
- Den Pfefferpotthast kräftig mit grobgemahlenem Pfeffer und nach Belieben mit Zitronensaft abschmecken.

Das schmeckt dazu: Salzkartoffeln, marinierte rote Beete und Gewürzgurken.

6. Hessischer Apfelauflauf

Das Rezept zeigt es: Im Land des Äppelwois hat man auch noch andere Verwendung für dieses Obst. Wenn die Äpfel dafür frisch vom Baum gepflückt werden und vielleicht auch noch Gravensteiner, Goldparmäne oder Edler von Berlepsch heißen, spürt man beim Genuß des Auflaufs etwas vom Duft und von der Poesie alter Apfelgärten.

Zutaten für 4 Personen:
200 g Zwieback oder Biskuitteigkuchenreste · ¼ l Milch · 500 g säuerliche Äpfel · 2 Eßl. Zucker
Saft und abgeriebene Schale von ½ unbehandelten Zitrone · 4 Eier · 4 Eßl. Zucker · 250 g Quark (20% Fett i. Tr.)
Für die Form: Butter
etwa 2290 Joule / 545 Kalorien pro Person
Zubereitungszeit: 30 Minuten
Backzeit: 40–50 Minuten

- Die Zwiebacke oder Kuchenreste in einer Schüssel mit der Milch übergießen und weich werden lassen.

- Die Äpfel schälen, vierteln, vom Kerngehäuse befreien. Die Viertel blättrig schneiden, mit dem Zucker mischen und mit dem Zitronensaft beträufeln.
- Die Eier in Eigelbe und Eiweiße trennen. Die Eigelbe mit dem Zukker und der abgeriebenen Zitronenschale schaumig rühren. Den Quark zufügen und weiterrühren, bis eine lockere Masse entstanden ist.
- Eine Auflaufform dick mit Butter ausstreichen. Die Zwieback- oder Kuchenmasse einfüllen und glattstreichen. Die Apfelscheiben darauf verteilen.
- Den Backofen auf 200° vorheizen.
- Die Eiweiße steif schlagen, unter die Quarkmischung heben und die Masse auf die Äpfel füllen. Den Auflauf 40–50 Minuten auf der mittleren Schiene im Backofen backen.

Das schmeckt dazu: kalte Vanillesauce

7. Fränkischer Zwiebelblatz

Ein in allen deutschen Weingegenden bekanntes Gebäck. Am Bodensee heißt er »Dünnele«, in der Würzburger Gegend »Zwiebelblatz«. Ob Dünnele, Blatz oder Kuchen, diesen deftigen herzhaften Leckerbissen ißt man ofenheiß und trinkt jungen Weißwein dazu.

Zutaten für 4 Personen:

Für den Teig:

500 g Mehl · 30 g Hefe ·
¼ l lauwarme Milch · 60 g Butter ·
1 Ei · ½ Teel. Salz

Für den Belag:

1 kg Zwiebeln · 750 g Speisequark ·
1 Ei · 75 g Butter · 1 Prise Salz ·
1 Eßl. Mehl · 100 g geriebener Käse

etwa 5400 Joule/1285 Kalorien pro Person

Zubereitungszeit: 60 Minuten

- Das Mehl in eine Schüssel sieben, in die Mitte eine Vertiefung drücken, die Hefe hineinbröckeln, mit etwas lauwarmer Milch und Mehl verrühren und zugedeckt 15–20 Minuten gehen lassen.
- Die Butter zerlassen (nicht erhitzen), auf den Mehlrand träufeln und mit dem Ei, dem Salz, dem Mehl und dem Hefevorteig verkneten, bis der Teig sich von der Schüssel löst. Den Teig noch einmal zugedeckt gehen lassen, bis er sein Volumen verdoppelt hat.
- Die Zwiebeln schälen, in Ringe schneiden und in der Hälfte der Butter glasigbraten.
- Den Quark mit dem Ei, der restlichen Butter, dem Salz und dem Mehl verrühren und mit den Zwiebeln mischen.
- Den Backofen auf 220° vorheizen.
- Den Teig etwa 1 cm dick ausrollen. Kreise mit kleinem Rand von 15 cm Ø formen. Die Zwiebelmischung darauf verteilen.
- Die Teigstücke auf einem gefetteten Backblech verteilen, im Backofen etwa 15 Minuten backen. Den Käse auf die Zwiebelmasse streuen und die Fladen weiterbacken, bis der Käse goldgelb ist.

8. Motten und Klöße

Mundartliche Bezeichnungen geben dem Fremden oft Rätsel auf! Wer mutig genug ist, im Hessenland Motten und Klöße zu bestellen, wird dafür belohnt. Es ist eine gelungene Verbindung. Motten sind: Möhren.

Zutaten für 4 Personen:
Für die Möhren und für das Fleisch:
1 kg Möhren · 1 große Zwiebel ·
500 g Schweinehalsgrat ·
3 Eßl. Butter · ½–¾ l Wasser ·
2 Teel. Salz · weißer Pfeffer ·
1 Teel. Zucker
Für die Klöße:
1 kg Pellkartoffeln vom Vortag ·
100 g Kartoffelmehl · 4 Eigelbe · je
1 Messersp. geriebene Muskatnuß
und weißer Pfeffer · 1 Teel. Salz ·
1½ l Fleischbrühe
Zum Bestreuen: ½ Bund Petersilie
etwa 4500 Joule/1070 Kalorien
pro Person
Zubereitungszeit: 1½ Stunden

- Die Möhren schälen, waschen und in Stifte schneiden. Die Zwiebel schälen und grobhacken.

- Das Fleisch waschen und in etwa 2 cm große Würfel schneiden.
- Die Butter erhitzen, die Zwiebel darin glasig braten. Die Möhrenstifte zufügen und 5 Minuten andünsten.
- Das Wasser erhitzen und etwa ½ l zu den Möhren gießen.
- Die Fleischwürfel, das Salz, den Pfeffer und den Zucker zufügen und zugedeckt bei mittlerer Hitze in 40 Minuten garen. Wenn nötig, etwas heißes Wasser nachfüllen.
- Für die Klöße in der Zwischenzeit die Kartoffel schälen, reiben und mit dem Kartoffelmehl, den Eigelben, dem Muskat, dem Pfeffer und dem Salz zu einem Teig verkneten.
- Die Fleischbrühe zum Kochen bringen. Aus dem Kartoffelteig dicke Klöße formen und diese in der leicht kochenden Brühe in 15–20 Minuten gar ziehen lassen. Die Klöße aus der Brühe nehmen und mit den Möhren zusammen in einer Schüssel anrichten.
- Die Petersilie waschen, hacken und über die Möhren streuen.

9. Grumbeersupp

Die Pfälzer haben eine tiefverwurzelte Beziehung zu den Produkten ihres Landes. Wein und Obst gibt es in Fülle und außerdem wunderbar mehlige Kartoffeln – in Pfälzischer Mundart Grumbeeren genannt. Grumbeersupp ist ein gutes Beispiel für die einfache, aber schmackhafte bodenständige Küche der Pfalz.

1 kg Kartoffeln · 2 Zwiebeln · ½ Sellerieknolle · 3 Petersilienwurzeln · 2 Möhren · 1 Stange Lauch · 3 Eßl. Schweineschmalz · 1¼ l Fleischbrühe · 1 Lorbeerblatt · 2 Gewürznelken · 1 Teel. getrockneter Majoran · 1–1½ Teel. Salz · 1–2 Messersp. gemahlener weißer Pfeffer · 2–3 Eßl. Essig · 1 Bund Petersilie

etwa 1690 Joule/400 Kalorien pro Person

Zubereitungszeit: 1¼ Stunden

- Die Kartoffeln schälen, waschen und würfeln. Die Zwiebeln und den Sellerie schälen, die Möhren und die Petersilienwurzeln schaben und alles in kleine Würfel schneiden. Den Lauch waschen und in dünne Ringe schneiden.
- Das Schmalz erhitzen und das Gemüse darin unter Wenden Farbe annehmen lassen.
- Die Fleischbrühe erhitzen.
- Das Lorbeerblatt, die Nelken, den Majoran, das Salz und den Pfeffer zum Gemüse geben und mit der Fleischbrühe auffüllen.
- Die Kartoffeln zufügen und alles zugedeckt bei schwacher Hitze in etwa 30 Minuten weichkochen.
- Die Suppe durch ein Sieb streichen, mit dem Essig und mit Salz und Pfeffer würzen.
- Die Petersilie feinhacken. Die Suppe vor dem Servieren damit bestreuen.

Variante: Grien Grumbeersupp
Mit den Kartoffeln etwa 150 gewaschenen gehackten Spinat oder 100 g Sauerampfer oder Brennesseln zufügen. Dann die Suppe jedoch statt mit Essig mit ½ Tasse saurer Sahne abrunden.

10. Schwäbische Krautkrapfen

Zutaten für 4 Personen:
375 g Mehl · 2 Eier · ½ Teel. Salz ·
2 Eßl. weiches Butterschmalz ·
3 Eßl. Wasser ·
200 g durchwachsener
geräucherter Speck · 1 Zwiebel ·
1 Gewürznelke · 1 Lorbeerblatt ·
4 Wacholderbeeren ·
200 g Sauerkraut · ½ Teel. Salz ·
½ Tasse Wasser
Für die Bratreine: Butter
etwa 3570 Joule/850 Kalorien
pro Person
Zubereitungszeit: 1½ Stunden

- Das Mehl in eine Schüssel sieben, mit den Eiern, dem Salz, dem Butterschmalz und dem Wasser zu einem geschmeidigen Teig verkneten und diesen 30 Minuten ruhen lassen.
- Den Speck würfeln und in einem Topf ausbraten.
- Die Zwiebel mit der Nelke und dem Lorbeerblatt spicken. Die Wacholderbeeren zerdrücken.
- Das Sauerkraut mit der Zwiebel und den Wacholderbeeren zum Speck geben. Das Wasser zugießen, das Salz zufügen und das Kraut zugedeckt bei schwacher Hitze in etwa 20 Minuten garen und abkühlen lassen.
- Den Teig auf einem Küchentuch dünn zu einem Rechteck ausrollen. Das Kraut gleichmäßig auf der Teigplatte verteilen. Den Teig mit Hilfe des Tuches von einer Längsseite her aufrollen. Die Roulade in 5–6 cm breite Scheiben schneiden.
- Den Backofen auf 200° vorheizen.
- Eine Bratreine (Bratenpfanne) dick mit Butter ausstreichen und die Teigrollen dicht nebeneinander hineinsetzen. 2–3 cm hoch Wasser in die Reine gießen und die Krautkrapfen zugedeckt auf der mittleren Schiebeleiste in 25 Minuten im Backofen garen. Während der letzten 5 Minuten den Deckel abnehmen, damit die Flüssigkeit verdampfen kann.

11. Linsen-Spätzle-Topf

Zutaten für 4 Personen:

Für die Linsen:

250 g Linsen · 1 l Wasser · 1 große Zwiebel · 150 g durchwachsener Räucherspeck · 1 Bund Suppengrün · 2 Messersp. frischgemahlener schwarzer Pfeffer · ½ Teel. getrocknetes Basilikum · 1 Teel. Salz · (nach Belieben: 2 Eßl. Essig und 1 Teel. Zucker) · 400 g Fleischwurst

Für die Spätzle:

250 g Mehl · 2 Eier · ½ Teel. Salz · knapp ⅛ l Wasser

etwa 4780 Joule/1160 Kalorien pro Person

Einweichzeit: 12 Stunden

Zubereitungszeit: 1¼ Stunden

- Die Linsen waschen und 12 Stunden im Wasser einweichen.
- Die Zwiebel schälen und mit dem Speck würfeln. Das Suppengrün putzen und kleinschneiden.
- Den Speck in einem Topf glasig braten. Die Zwiebel und das Suppengrün zufügen und unter Rühren Farbe annehmen lassen.
- Die Linsen mit dem Einweichwasser in den Topf schütten. Den Pfeffer und das Basilikum zufügen, die Linsen zugedeckt bei schwacher Hitze in etwa 60 Minuten weichkochen, salzen und nach Belieben mit dem Essig und dem Zukker abschmecken.
- Inzwischen für den Spätzleteig das Mehl in eine Schüssel sieben, mit den Eiern, dem Salz und soviel Wasser verrühren, daß ein zähflüssiger Teig entsteht. Den Teig schlagen, bis er Blasen wirft.
- In einem Topf Salzwasser zum Kochen bringen. Den Teig entweder portionsweise von einem nassen Brett ins kochende Wasser schaben oder mit Hilfe eines Spätzleseihers oder -hobels ins Wasser drücken.
- Wenn die Spätzle an der Oberfläche schwimmen, mit einem Schaumlöffel aus dem Wasser heben und abtropfen lassen; die fertigen Spätzle mit den Linsen mischen. Den Eintopf warm halten.
- Die Fleischwurst häuten, in Scheiben schneiden und 5 Minuten in den Linsen heiß werden lassen.

12. Dotschwuchtele

Manch ein uraltes bäuerliches Rezept ist nie gedruckt worden und dennoch nicht in Gefahr, eines Tages in Vergessenheit zu geraten. Es wird seit Generationen von der Mutter der Tochter vermacht. Solch ein traditionsreiches »Erbe« sind die Dotschwuchtele aus dem Bayerischen Wald.

Zutaten für 8 Personen:
500 g rohe Kartoffeln ·
500 g Pellkartoffeln vom Vortag ·
2 Teel. Salz · 1 Messersp.
geriebene Muskatnuß ·
50 g Mehl · ⅛ l Buttermilch ·
75 g Schweineschmalz ·
3 Eier · ⅛ l Sahne
etwa 4640 Joule/1100 Kalorien
pro Person
Zubereitungszeit: 1½ Stunden

- Die rohen Kartoffeln schälen, waschen, reiben und gut ausdrücken. Das Kartoffelwasser wegschütten. Die Pellkartoffeln schälen und ebenfalls reiben.
- Die geriebenen Kartoffeln mischen und mit dem Salz, dem Muskat, dem Mehl und soviel Buttermilch verrühren, daß ein geschmeidiger, formbarer Teig entsteht.
- Das Schmalz in einer Pfanne erhitzen. Mit einem in kaltes Wasser getauchten Löffel Bällchen – »Wuchtele« – vom Kartoffelteig abstechen und diese portionsweise im heißen Schmalz nur von der Unterseite bräunen. Den Löffel beim Abstechen immer wieder in kaltes Wasser tauchen.
- Den Backofen auf 200° vorheizen.
- Eine Bratreine oder flache feuerfeste Form mit Butter ausstreichen und die Kartoffelbällchen mit der gebräunten Seite nach unten hineinsetzen.
- Die Eier mit der Sahne verquirlen, in die Form gießen und die Dotschwuchtele 20–30 Minuten im Backofen überbacken, bis die Eiersahne gestockt ist.

13. Pfälzer Eierkraut

Bekannt sind die wandlungsfähigen Fladen als Pfannkuchen oder Eierkuchen. Wer im Weinberg, im Garten oder auf dem Feld gearbeitet hat, darf diesen üppigen Auflauf ohne Reue genießen. Anderen sei nur eine halbe Portion davon empfohlen!

Zutaten für 4 Personen:
300 g Mehl · ½ l Milch · 4 Eier · 3 Eßl. Sahne · 2 Eßl. Zucker · 1 Prise Salz · 3 frische reife Pfirsiche (etwa 375 g) · 5 Eßl. Butter
Für die Form: Butter
Für den Guß: 3 Eigelbe · 3 Eßl. Zucker · 1 Teel. gemahlener Zimt · ¼ l Sahne
etwa 4330 Joule/1030 Kalorien pro Person
Zubereitungszeit: 1½ Stunden

- Aus dem Mehl, der Milch, den Eiern, der Sahne, dem Zucker und dem Salz einen glatten Pfannkuchenteig rühren und diesen 30 Minuten ausquellen lassen.
- Die Pfirsiche mit kochendem Wasser überbrühen, häuten, halbieren. Die Steine entfernen. Die Hälften kleinschneiden und durch ein Sieb streichen.

- Den Teig durchrühren. ½ Eßlöffel Butter in einer Pfanne erhitzen.
- Aus dem Teig dünne Pfannkuchen braten. Dabei für jeden Pfannkuchen 1–2 Teelöffel Butter in der Pfanne zerlassen.
- Jedes Pfannküchlein dünn mit dem Pfirsichpüree bestreichen, aufrollen und in 3 cm dicke Scheiben schneiden.
- Den Backofen auf 200° vorheizen.
- Eine feuerfeste flache Form einfetten und die Pfannkuchenrollen aufrecht dicht nebeneinander hineinsetzen. Die Eigelbe mit dem Zucker, dem Zimt und der Sahne verrühren und über die Pfannkuchen gießen.
- Die gefüllten Pfannkuchen etwa 20 Minuten auf der mittleren Schiebeleiste im Ofen überbacken, bis der Eier-Sahne-Guß gestockt ist.

14. Dukatennudeln

In Bayern versteht man sich überall auf die Zubereitung von Mehlspeisen. Diese altbayerische Spezialität ist leider etwas in Vergessenheit geraten. Dukatennudeln oder -buchteln gelingen auch ungeübten »Nudelbäckern«.

Zutaten für 20 Nudeln:
400 g Mehl · 35 g Hefe ·
1 Prise Zucker · 0,2 l lauwarme
Milch · 40 g weiche Butter ·
1 Eigelb · 1 Ei · 1 Prise Salz
Zum Dämpfen: 70 g Butter ·
¼ l Milch · 4 Eßl. Zucker ·
1 Teel. Vanillezucker
Für den Topf: Butter
etwa 630 Joule/150 Kalorien
pro Nudel
Zubereitungszeit: 1¼ Stunden
Backzeit: 30 Minuten

- Das Mehl in eine Schüssel sieben. In die Mitte eine Vertiefung drücken. Aus der Hefe, dem Zukker, wenig Milch und etwas Mehl einen Vorteig rühren und in die Vertiefung im Mehl gießen. Zugedeckt 20 Minuten gehen lassen.
- Die Butter mit dem Eigelb und dem Ei schaumig rühren, mit der restlichen Milch und dem Salz zum gegangenen Vorteig geben und alles miteinander verrühren.
- Den Teig schlagen, bis er sich von der Schüssel löst und dann zugedeckt etwa 30 Minuten gehen lassen, bis er sein Volumen verdoppelt hat.
- Den gegangenen Teig auf einem leicht bemehlten Brett durchkneten und walnußgroße Bällchen daraus formen. Einen großen Eisentopf mit Butter ausstreichen, die Teigbällchen in geringen Abständen nebeneinander hineinsetzen und gehen lassen, bis sich ihre Seiten berühren.
- Den Backofen auf 200° vorheizen.
- Die Milch mit der Butter erhitzen und über die Buchteln gießen.
- Den Zucker mit dem Vanillezukker mischen und die Buchteln damit bestreuen.
- Die Dukatennudeln in etwa 30 Minuten im offenen Topf im Backofen backen, bis die Oberfläche hellbraun ist.

15. Pommersches Gänseklein

Die Pommern liebten ihre Gänse und ließen ihnen viel Gutes angedeihen, vor allem, wenn der Gänseschlachttag Ende November näher rückte. Dann wurden die Vögel eine Zeitlang nur mit Hafer und weißen Rüben gefüttert. Doch nicht Tierliebe war hier im Spiel. Die Fürsorge galt vielmehr dem Gänsefleisch, das durch diese Diät kernig und wohlschmeckend wurde.

Zutaten für 4 Personen:
1 kg küchenfertiges Gänseklein (Flügel, Hals, Magen, Herz) · 1 Bund Suppengrün · 2 Zwiebeln · 80 g Bratfett · 2 Eßl. Mehl · 1–2 Teel. Salz · ½ Teel. gemahlener schwarzer Pfeffer · 1 Teel. getrockneter Thymian · 2 Teel. frischer gehackter Borretsch · 2–3 Eßl. Zitronensaft · 1–2 Teel. Zucker · 1 Bund Petersilie
etwa 4125 Joule/980 Kalorien pro Person
Zubereitungszeit: 2½ Stunden

- Das Gänseklein waschen und trockentupfen. Das Suppengrün putzen und kleinschneiden. Die Zwiebeln schälen und in Ringe schneiden.
- Das Fett in einem Topf erhitzen und das Gänseklein darin von allen Seiten anbraten.
- Das Suppengrün und die Zwiebeln zufügen und unter gelegentlichem Umrühren Farbe annehmen lassen.
- Das Mehl darüberstäuben und braten, bis es hellbraun ist.
- Das Salz, den Pfeffer, den Thymian und den Borretsch zufügen und mit soviel Wasser auffüllen, daß das Gänseklein gerade davon bedeckt ist.
- Das Geflügelfleisch zugedeckt bei schwacher Hitze in etwa 2 Stunden weichkochen. Öfters umrühren.
- Nach Beendigung der Garzeit die Sauce vom Gänseklein mit dem Zitronensaft, dem Zucker und wenn nötig noch mit Salz abschmecken.
- Das Gänseklein in einer vorgewärmten Schüssel mit der gewaschenen, gehackten Petersilie bestreut servieren.

Das schmeckt dazu: Pellkartoffeln

16. Sächsische Quarkkeulchen

Diese Gebilde, aus Kartoffel-Quarkteig geformt und gebraten, werden in Sachsen in der Stadt und auf dem Land geschätzt. Dort schwanken die Meinungen darüber, ob der Quark nur mit Mehl oder mit Mehl und Kartoffeln gebunden werden muß. Das Urrezept enthielt übrigens weder Korinthen noch Eier.

Zutaten für 4 Personen:
750 g Pellkartoffeln ·
100 g Korinthen · 150 g Mehl ·
300 g Magerquark · 3 Eier ·
100 g Zucker · 1 Prise Salz ·
1 Messersp. gemahlener Zimt ·
abgeriebene Schale von
1 unbehandelten Zitrone ·
100 g Butter · 4 Eßl. Zucker
etwa 3465 Joule/825 Kalorien
pro Person
Zubereitungszeit: 60 Minuten

- Die Kartoffeln schälen und in eine Schüssel reiben.
- Die Korinthen mit kochendem Wasser überbrühen und 5 Minuten quellen lassen.
- Das Mehl über die Kartoffeln sieben. Den Quark, die Eier, den Zucker, das Salz, den Zimt und die Zitronenschale zufügen und alles zu einem formbaren Teig verkneten. Wenn nötig, noch etwas Mehl unterkneten.
- Die Korinthen abtropfen lassen, trockentupfen, leicht mit Mehl bestäuben und unter den Teig arbeiten.
- »Keulchen« von etwa 5 cm ∅ abstechen und etwas flachdrücken. Die Butter in einer großen Pfanne erhitzen und die Keulchen darin portionsweise bei schwacher Hitze in etwa 6 Minuten von beiden Seiten goldbraun braten.
- Immer nur soviel Keulchen in die Pfanne legen, daß sie sich nicht berühren. Darauf achten, daß während des Bratens genügend Butter in der Pfanne ist.
- Die gebratenen Keulchen auf einer vorgewärmten Platte warmhalten und vor dem Servieren mit Zucker bestreuen.

Das schmeckt dazu: Kompott aus frischen Früchten oder aus Backobst

17. Schlesischer Schwärtlbraten

Das saftige Stück Schweinekeule mit Kruste ist für die Schlesier der Inbegriff eines Sonntagsbratens. In ihren Lebensansprüchen bescheiden – das gilt besonders für die Landbevölkerung – verstehen sie sich jedoch vortrefflich aufs Feiern. »Leeba a bißla gutt glabt und nich asu lange«, heißt ein schlesisches Sprichwort.

Zutaten für 4 Personen:
1 kg Schweinekeule mit Schwarte ·
2 Teel. Salz · 1 Teel. gemahlener schwarzer Pfeffer · 1 Eßl. Kümmel ·
½ l Wasser · 1 Zwiebel ·
2 Teel. Speisestärke ·
⅛ l saure Sahne
etwa 3800 Joule/910 Kalorien pro Person
Zubereitungszeit: 2¼ Stunden

- Das Fleisch waschen, abtrocknen und mit dem Salz, dem Pfeffer und dem Kümmel einreiben.
- Den Backofen auf 200° vorheizen.
- Das Wasser zum Kochen bringen, in einen Bräter gießen, die Schweinekeule – Schwarte nach oben – hineinlegen und zugedeckt im Backofen schmoren lassen.
- Nach 45 Minuten die Schwarte und die Fettschicht darunter karoförmig einschneiden. Die Zwiebel schälen, vierteln und zur Keule geben.
- Das Fleisch im offenen Bräter in etwa 60 Minuten fertiggaren. Dabei öfters mit der Bratflüssigkeit begießen.
- In den letzten 20 Bratminuten die Temperatur auf 210° schalten und die Schwarte nicht mehr beschöpfen, damit sie schön knusprig und braun wird.
- Das Fleisch aus dem Bräter nehmen und im abgeschalteten Backofen warm stellen. Die Speisestärke mit wenig Wasser anrühren und den Bratenfond damit binden. Die saure Sahne unterrühren.
- Das Fleisch in dicke Scheiben schneiden und in der Sauce servieren.

Das schmeckt dazu: Klöße aus gekochten Kartoffeln und Sauerkraut

18. Mohkließla

Mohkließla – Mohnklöße – sind nicht etwa rundgeformte, gegarte Klöße, sondern, wie jeder Schlesier weiß, eine geschichtete, sattmachende Süßspeise. Mohn wurde auf dem Land im Garten gezogen. Weißrosa, rote und violett blühende Mohnfelder bildeten Farbtupfer in der sommerlichen Landschaft. Mohngebäck war in jeder Form beliebt. Vor allem den Mohnstriezel, ein mit Mohnmasse gefüllter Hefestollen, gab es häufig, Mohkließla jedoch nur am Heiligen Abend oder zu Silvester. Spät am Abend, auf dem Höhepunkt des Festes wurden sie aufgetragen. Mit Glühwein zusammen sorgten sie für die nötige Bettschwere.

Zutaten für 4 Personen:
6 altbackene Brötchen ·
50 g Rosinen · ½ l Milch · 6 Eßl.
Zucker · 1 Schnapsglas Rum (2 cl) ·
250 g gemahlener Mohn ·
50 g gehackte Mandeln
Zum Besieben: 1 Eßl. Puderzucker
Etwa 3780 Joule/900 Kalorien
pro Person

Zubereitungszeit: 30 Minuten
Zeit zum Durchkühlen: 2 Stunden

- Die Brötchen in nicht zu dünne Scheiben schneiden. Die Rosinen in lauwarmem Wasser einweichen.
- Die Milch mit dem Zucker zum Kochen bringen und ¼ Liter davon über die Brötchenscheiben gießen. Sie sollen gut durchweichen, jedoch nicht zerfallen.
- Die restliche heiße Milch und den Rum über den Mohn gießen. Die Rosinen abtropfen lassen und mit den Mandeln zum Mohn geben. Alles gut miteinander verrühren; es muß ein fester Brei entstehen.
Die Brötchenscheiben abwechselnd mit der Mohnmasse in eine Schüssel schichten; mit einer Lage Mohn abschließen.
- Die Mohkließla vor dem Servieren mindestens 2 Stunden kühl stellen und mit dem Puderzucker besiebt auftragen.

19. Heringskartoffeln

Salzheringe gab es beim Kaufmann aus dem Faß. Alles was sonst zu diesem wohlschmeckenden einfachen Mahl gebraucht wurde, war selbsterzeugt und stets in der Speisekammer zu finden. Dieses Sparrezept wird auch mitunter Prinzeßkartoffeln genannt. Das zeugt vom Humor der Schlesier oder von der Güte der Speise oder von beidem.

Zutaten für 4 Personen:
1 kg Kartoffeln · 2 Salzheringe ·
1 Zwiebel · 3 Eßl. Butter ·
3 Eßl. Mehl · ⅛ l Wasser ·
4 Eßl. Sahne · 1 Scheibe gekochter Schinken (100 g)
Zum Bestreuen und Belegen:
2 Eßl. geriebener Parmesankäse ·
2 Eßl. Butter
Für die Form: Butter
etwa 3800 Joule/910 Kalorien pro Person
Zubereitungszeit: 60 Minuten

- Salzwasser zum Kochen bringen. Die ungeschälten Kartoffeln in etwa 25–30 Minuten darin garen.
- Die Heringe 30 Minuten wässern, enthäuten, entgräten und das Heringsfleisch würfeln.
- Die Kartoffeln schälen und in nicht zu dünne Scheiben schneiden. Die Zwiebel schälen und kleinwürfeln.
- Die Butter zerlassen und die Zwiebelwürfel darin glasig braten. Das Mehl darüberstäuben und rühren, bis eine helle glatte Masse entstanden ist. Unter Rühren das Wasser und die Sahne zufügen und die Sauce 3 Minuten bei sehr schwacher Hitze kochen lassen.
- Den Schinken würfeln und in die Sauce geben.
- Den Backofen auf 200° vorheizen.
- Eine Auflaufform mit Butter ausstreichen und die Kartoffelscheiben und Heringswürfel abwechselnd einschichten. Mit einer Lage Kartoffelscheiben abschließen.
- Die Sauce darüber verteilen. Den Parmesankäse darüberstreuen und die Butter in Flöckchen daraufsetzen.
- Die Heringskartoffeln 30 Minuten auf der mittleren Schiene im Ofen überbacken.

20. Kurländischer Speckkuchen

Die Verwandtschaft mit den russischen Piroggen ist auffallend. Die Füllung allerdings ist unverwechselbar ostpreußisch: Schmand (Sahne) und Räucherspeck!

Zutaten für 4 Personen:

375 g Mehl · 20 g Hefe · knapp ⅛ l lauwarme Milch · 80 g Butter · 2 Eier · 1 Messersp. Salz

200 g geräucherter durchwachsener Speck · 2 Zwiebeln · 1 Eßl. Butter · 4 Eßl. saure Sahne · 1 Bund Petersilie

Für das Backblech: Butter

etwa 4130 Joule/980 Kalorien pro Person

Zubereitungszeit: 1¾ Stunden

- Das Mehl in eine Schüssel sieben. In die Mitte eine Vertiefung drücken, die Hefe hineinbröckeln, mit wenig Milch verrühren und etwas Mehl darüberstäuben. Den Hefevorteig so lange gehen lassen, bis sich an der Oberfläche Risse zeigen.
- Die Butter in Flöckchen auf den Mehlrand setzen. Ein Ei, die restliche Milch und das Salz zufügen, die Zutaten miteinander verrühren und den Teig schlagen, bis er sich vom Schüsselboden löst. Zugedeckt weitere 60 Minuten gehen lassen, bis er sein Volumen verdoppelt hat.

- Den Speck würfeln. Die Zwiebeln schälen und feinwürfeln.
- Die Butter zerlassen und die Speckwürfel darin glasig braten. Die Zwiebeln zufügen und goldbraun braten. Die saure Sahne unterrühren. Die Pfanne vom Herd nehmen.
- Die gewaschene Petersilie feinhacken und unter die Speck-Zwiebelmischung rühren.
- Den Backofen auf 180° vorheizen.
- Den Hefeteig bleistiftdick ausrollen, Kreise von 8 cm ∅ ausstechen und jeweils 1 Eßlöffel Füllung in die Mitte geben. Die Ränder mit dem verquirlten Ei bestreichen und die Kreise zusammenklappen.
- Die Küchlein auf dem eingefettete Backblech 20 Minuten gehen lassen. Dann im Ofen in etwa 25 Minuten goldbraun backen. Heiß servieren.

21. Gesottenes mit Semmelkren

Man darf nicht glauben, daß sich die Bauern früher täglich an fetten Fleischtöpfen gelabt haben. Gebratenes und Gesottenes gab es in Österreich nur sonntags und an Feiertagen. Solch ein Festmahl bestand dann allerdings gleich aus mehreren Fleischgängen. Gesottenes – gekochtes Fleisch vom Jungschwein – gab es am Weihnachtstag vor dem großen Braten.

Zutaten für 4 Personen:

Für das Fleisch:

750 g junge Schweineschulter mit der Schwarte · 1–2 Teel. Salz · 1 Lorbeerblatt · 10 schwarze Pfefferkörner · 200 g Möhren · 200 g Sellerieknolle · 1 Zwiebel · 2–3 Eßl. Essig · 1–2 Teel. Zucker

Für den Semmelkren:

3 Brötchen · 1 Eßl. Butter · ½–1 Tasse Fleischbrühe · 2 Eßl. saure Sahne · 3 Eßl. frischgeriebener Kren (Meerrettich)

Etwa 4000 Joule/950 Kalorien pro Person

Zubereitungszeit: 1½ Stunden

- Das Fleisch waschen, ganz mit kaltem Wasser bedeckt zum Kochen bringen und das Salz zufügen.
- Die Gewürze in ein Mullsäckchen gebunden zugeben. Das Fleisch zugedeckt in etwa 60 Minuten nicht zu weich kochen.
- Die Möhren und den Sellerie schaben oder schälen, waschen und in feine Streifen schneiden. Die Zwiebel schälen, in Ringe schneiden und nach 30 Minuten mit dem Gemüse zum Fleisch geben.
- Die Brühe zuletzt mit dem Essig, dem Zucker und, wenn nötig, noch mit Salz abschmecken.
- Für den Semmelkren die Brötchen in Scheiben schneiden, mit der Butter und der Fleischbrühe verrühren, kurz aufkochen lassen, vom Herd nehmen und die Sahne und den Kren unterrühren.
- Das Fleisch in Scheiben schneiden und mit der Kochbrühe, dem Gemüse und dem Semmelkren anrichten.

22. Germknödel mit Mohn

Germ ist österreichisch und bedeutet Hefe. Mit Hefe bereitete Mehlspeisen sind »Zuspeis« an Sonntagen zum Fleisch, süßes Hauptgericht an Werktagen, schmecken zur Jause und zum Nachtmahl.

Zutaten für etwa 20 Knödel:
30 g Hefe (Germ) · 20 g Zucker ·
⅛ l lauwarme Milch · 500 g Mehl ·
2 Eier · 3 Eßl. Zucker ·
100 g weiche Butter · ½ Teel. Salz ·
abgeriebene Schale von
½ unbehandelten Zitrone
200 g Pflaumenmus (Powidl) ·
2 Eßl. Rum · 2 Messersp.
gemahlener Zimt
Zum Begießen und Bestreuen:
200 g Butter · 200 g gemahlener
Mohn · 100 g Puderzucker
etwa 1435 Joule/340 Kalorien
pro Knödel
Zubereitungszeit: 1¾ Stunden

- Für den Vorteig die Hefe mit dem Zucker und etwas Milch verrühren, wenig Mehl darüberstäuben und 15 Minuten gehen lassen.

- Das Mehl in eine Schüssel sieben, mit dem Vorteig, den Eiern, dem Zucker, der Butter, dem Salz, der Zitronenschale und der restlichen Milch verrühren. Den Teig kneten, bis er glänzt. Zugedeckt 1 Stunde gehen lassen, bis er sein Volumen verdoppelt hat.
- Das Pflaumenmus – Powidl – mit dem Rum und dem Zimt verrühren.
- Aus dem gegangenen Hefeteig 20 Stücke von 5 cm ∅ formen. Auf jede Teigscheibe 1 Teelöffel Pflaumenmus geben, Knödel drehen und auf einem bemehlten Tuch zugedeckt 20 Minuten gehen lassen.
- Reichlich Salzwasser zum Kochen bringen und die Knödel 6 Minuten bei schwacher Hitze leise – keinesfalls sprudelnd – kochen lassen. Die Klöße dann umdrehen, jeden einige Male einstechen, damit der Dampf entweichen kann und in weiteren 6 Minuten fertiggaren.
- Die Butter zerlassen. Den Mohn mit dem Puderzucker mischen. Die abgetropften Knödel mit der Butter übergießen und mit dem Mohnzukker bestreuen. Heiß servieren.

23. Bündner Gerstensuppe

Die kräftige Suppe will langsam garen. Als Küchenherde noch mit Holz geheizt wurden, kochte die Graupensuppe am Rande der Herdplatte den ganzen Vormittag gemächlich vor sich hin und war beim 12-Uhr-Läuten fertig, wunderbar wohlschmeckend; die Zutaten fast zergangen.

Zutaten für 4 Personen:
60 g Gerstengrütze · 1½ l Fleischbrühe oder Wasser · 1 kleine Stange Lauch (Porree) · etwas Selleriegrün · ½ Sellerieknolle · 2 Möhren · ½ kleiner Weißkohl · 2 Eßl. Öl · 1 Lorbeerblatt · 3 Gewürznelken
150 g durchwachsener Speck oder Speckschwarte · 500 g geräucherter Schweinebauch · 3 Kartoffeln · 1 Bund Schnittlauch · 1 Eßl. Butter
Etwa 4450 Joule/1060 Kalorien pro Person
Zubereitungszeit: 2 Stunden

- Die Gerste unter fließendem kaltem Wasser gründlich waschen.

- Die Fleischbrühe oder das Wasser zum Kochen bringen. Die Gerste zufügen und bei mittlerer Hitze zugedeckt 30 Minuten kochen lassen. Inzwischen alle Gemüse putzen, waschen und kleinschneiden.
- Das Öl in einer Pfanne erhitzen. Das Gemüse darin unter Rühren anbraten. Das Lorbeerblatt, die Nelken, den Speck oder die Speckschwarte und den Schweinebauch zur Suppe geben und alles zugedeckt bei schwacher Hitze noch weitere 60 Minuten kochen lassen.
- Die Kartoffeln schälen, in Würfel schneiden und 15 Minuten vor Beendigung der Garzeit in die Suppe geben.
- Das Gericht, wenn nötig, noch mit etwas Salz abschmecken.
- Den gewaschenen Schnittlauch kleinschneiden. Die Speckschwarte entfernen. Den Speck und das Fleisch in Würfel schneiden und wieder in den Topf geben.
- Die Butter unterrühren und die Suppe mit dem Schnittlauch bestreut in Tellern auftragen.

24. Schinkenfleckerl

Aus Böhmen, sagt man, stammt dieser Nudelauflauf. Doch gute Rezepte respektieren selten die Landesgrenzen. Schinkenfleckerl kochte man lange vor der k & k.-Monarchie in Böhmen, in Österreich und in Ungarn. Heute gibt es Flekkerlnudeln zu kaufen. Früher wurden sie, wie in unserem Rezept, selbstverständlich selbstgemacht.

Zutaten für 4 Personen:
Für die Nudelfleckerl:
400 g Mehl · 3 Eier · ½ Teel. Salz · 3 l Wasser · 3 Teel. Salz · 50 g Butter
Für die Schinkenmasse:
250 g gekochter Schinken im Stück
2 Eier · ⅛ l saure Sahne · je 1 Messersp. Salz und weißer Pfeffer
Zum Bestreuen und Belegen:
2 Eßl. Semmelbrösel mit 2 Eßl. Butter
Etwa 3560 Joule/860 Kalorien pro Person
Zubereitungszeit: 2 Stunden
Zeit zum Überbacken: 30–40 Minuten

- Aus dem Mehl, den Eiern, dem Salz und wenig Wasser einen glatten, festen Teig kneten und 1 Stunde ruhen lassen. Zwei messerrükkendicke Platten ausrollen. Die Teigplatten antrocknen lassen, aufeinanderlegen und in 1 – 1½ cm große Quadrate (Fleckerl) schneiden.
- Salzwasser zum Kochen bringen, die Nudeln darin in etwa 5 Minuten nicht zu weich kochen, abschrecken und abtropfen lassen.
- Die Butter zerlassen und die Nudeln darin schwenken.
- Den Backofen auf 200° C vorheizen.
- Den Schinken würfeln. Die Eier trennen. Die Eigelbe mit der Sahne, dem Salz und dem Pfeffer verquirlen, die Schinkenwürfel unterrühren.
- Die Eiweiße steifschlagen und unter die Schinkenmasse ziehen. Die Nudeln unterheben.
- Eine feuerfeste Form ausfetten, die Masse einfüllen, mit den Bröseln bestreuen und mit Butterflöckchen belegen.
- Den Auflauf 30–40 Minuten im Backofen goldbraun überbacken.

25. Aargauer Schnitz und Drunder

Der Schweizer Kanton Aargau ist fruchtbares Agrarland. Obst und Gemüse gedeihen hier in reicher Auswahl. Das Brauchtum wird in Ehren gehalten und mit ihm solch alte Rezepte wie »Schnitz und Drunder«. Die Zutaten dafür kommen »us em eigene Bode«, wie die Aargauer sagen. Der Name sagt, aus was dieser köstliche Eintopf besteht: aus getrockneten Apfelschnitzen und Räucherspeck.

Zutaten für 4 Personen:
250 g möglichst ungeschälte getrocknete Apfelschnitze oder -ringe · 2 Eßl. Butter · 2 Eßl. Zucker · 500 g geräucherter durchwachsener Speck · 500 g Kartoffeln · 1 knapper Teel. Salz
etwa 4600 Joule/1095 Kalorien pro Person
Einweichzeit für die Äpfel: 12 Stunden
Zubereitungszeit: 1½ Stunden

- Die getrockneten Äpfel 12 Stunden knapp von Wasser bedeckt einweichen.

- Die Butter in einem Topf oder in einer feuerfesten Form mit gut schließendem Deckel zerlassen. Den Zucker darin bei schwacher Hitze unter ständigem Rühren auflösen und hellbraun werden lassen.
- Die Äpfel mit dem Einweichwasser und dem Speck zufügen und alles bei schwacher Hitze zugedeckt 1 Stunde kochen lassen. Ab und zu prüfen, ob noch genug Flüssigkeit vorhanden ist. Gegebenenfalls wenig Wasser nachfüllen.
- Die Kartoffeln schälen, in große Würfel schneiden, mit dem Salz und ½ Tasse Wasser zu den Äpfeln geben und alles in weiteren 30 Minuten garen.
- Den Speck in 8 Scheiben oder Stücke schneiden und auf den Äpfeln und den Kartoffeln anrichten. Schnitz und Drunder im Topf oder in der Form auftragen.

26. Apfelwähe

Die Schweizer lieben ihre Wähen, die flachen Blechkuchen aus Hefe oder Mürbeteig.

Zutaten für 4 Personen:
250 g Mehl · 1 Prise Salz ·
100 g Butter · 2 Eßl. Schmalz
Eiswasser · 1 Eßl. Butter
1 kg Äpfel · 10 Eßl. Zucker · 1 Ei ·
⅛ l Sahne · 2 Eßl. Milch ·
1 Eßl. Obstschnaps ·
150 g Aprikosenmarmelade
etwa 4725 Joule/1125 Kalorien pro Person
Zubereitungszeit: 2 Stunden

- Aus dem Mehl, dem Salz, der Butter, dem Schmalz und 3 Eßlöffeln Eiswasser einen glatten, festen Mürbeteig kneten. Dabei, wenn nötig, noch etwas Eiswasser zufügen.
- Den Backofen auf 200° vorheizen.
- Den Teig etwa 3 mm dick ausrollen und eine Springform von 24 cm Ø damit auslegen. Dabei einen etwa 2 cm hohen Rand formen.
- Den Eßlöffel Butter zerlassen und die Teigplatte damit bestreichen. Ein Stück Alufolie in Form und Größe des Kuchens dünn mit Butter bestreichen, die Teigplatte und den Rand damit bedecken und die Folie leicht andrücken.

- Den Kuchen auf der mittleren Schiebeleiste 10 Minuten im Backofen backen, die Folie abnehmen und den Boden in weiteren 8–10 Minuten goldgelb backen.
- Den Teigboden aus dem Ofen nehmen und diesen auf 180° schalten.
- Für den Belag die Äpfel schälen, vierteln, vom Kerngehäuse befreien und in dünne Scheiben schneiden.
- 8 Eßlöffel Zucker mit den Apfelscheiben mischen, diese auf den vorgebackenen Mürbeteigboden füllen und den Kuchen 20 Minuten im Backofen backen.
- Das Ei mit dem restlichen Zukker, der Sahne, der Milch und dem Obstschnaps verrühren, auf die Äpfel gießen und den Kuchen nochmals etwa 15 Minuten backen, bis die Creme gestockt ist.
- Die Aprikosenmarmelade mit wenig Wasser glattrühren und die Apfelwähe damit bestreichen.

Die landschaftsgebundenen Küchen

In vielen von uns wächst die Sehnsucht nach einem einfachen Leben in Verbundenheit mit der Natur. Es treibt uns weg aus der Unwirtlichkeit unserer Städte mit ihrem Überangebot an Konsumgütern, weg von den Tiefkühltruhen und Konservenregalen der Supermärkte. Landluft und der Anblick heimischer bäuerlicher Gemüse- und Obstgärten tun unserem Herzen und unseren Sinnen wohl. Wir haben im Urlaub in den Töpfen fremder Länder den Duft der großen weiten Welt geschnuppert, sind auf der kulinarischen Welle der nouvelle cuisine geschwommen. Wir haben raffiniert vegetarisch gekocht, beinahe alles gepriesene Neue auf dem Gebiet der Kochkunst ausprobiert und vielleicht Abenteuer und Erfüllung dabei gefunden. Wenn wir jedoch einem alten Menschen zuhören, der von dampfenden Kartoffelgerichten und Mehlspeisen, von Schlachtschüsseln und mächtigen Weihnachtsessen erzählt, überfällt uns eine leise Wehmut und Sehnsucht nach der verlorenen heilen Welt der Küche. Verloren ist sie ebenso wie die »gute alte Zeit«, die es so, wie sie in unserem Wunschdenken weiterlebt, nie gegeben hat. Hart war die Zeit vor allem für die Bauern. Über Sein oder Nichtsein entschied letzten Endes die körperliche Kraft. Menschen, die nicht mehr als das heutzutage angestrebte Idealgewicht auf die Waage brachten, waren durchaus benachteiligt. Das Essen mußte satt machen, Kraft geben und aus dem zubereitet werden, was das eigene Land wachsen ließ. Besonders der Stadtmensch sei darauf hingewiesen, daß die Rezepte dieser kleinen Sammlung nicht als Schlankheitsdiät geeignet sind. Die Gerichte, die alle schon vor langer Zeit entstanden, haben in ihrer Einfachheit einen ganz besonderen Zauber.

Es ist möglich, daß Sie, lieber Leser, von der einen oder anderen Speise eine andere Version kennen, daß Sie ein Gewürz vermissen oder vielleicht eine andere Wurst- oder Fleischsorte als Zutat für richtiger halten. Es gibt von jedem Gericht soviele Arten wie es Herde im Land gibt, selbst wenn es sich um ein Rezept mit Tradition handelt. Die von uns ausgewählten Rezepte haben wir aber erprobt, gekostet und für gut befunden.

Die kulinarische Landpartie führt durch ganz Deutschland, auch durch die ehemaligen Ostgebiete, streift Österreich, die Schweiz und macht einen kleinen Abstecher nach Böhmen. Manch eine bäuerliche Speise finden wir ähnlich zubereitet von den Küstenländern bis in die Alpen hinein. Denn Schweine werden überall fett, Kartoffeln auf jedem Hof angebaut und Apfelbäume gibt es in allen Bauerngärten. Dennoch spiegelt sich die landschaftliche Vielfältigkeit dieses Gebiets in der bäuerlichen Küche wider. In der Rezeptauswahl dieses Bändchens können natürlich nicht alle Spezialitäten, aus Fauna und Flora des Landstrichs geboren, enthalten sein. Die beschriebenen oft sehr originellen Gerichte sind jedoch typisch in ihrer Zusammensetzung und Zubereitungsart für eine bestimmte Landschaft. Fette Marschen in Deutschlands Norden, man denke an den Hausgarten Hamburgs, die Vierlande und an das Alte Land, bringen Obst und Gemüse hervor. Nirgends gedeiht der Grünkohl so gut wie im Norden Niedersachsens. Man liebt ihn im Bremer Land und im Oldenburgischen mit Pinkel-Wurst, einer fetten Herrlichkeit aus Speck, Zwiebeln, Gewürzen und Hafergrütze, in der Braunschweiger Gegend mit Brägenwurst, die reines Schweinefleisch und Brägen – nämlich Hirn – enthält. Eine Schlachtfestspeise gibt es im Norden von Oldenburg bis Stettin, sie nennt sich treffend Schwarzsauer. Im meerumschlungenen Schleswig-Holstein, wo es besonders

viel Grünland und hervorragendes Geflügel gibt, wird die dicke säuerlich abgeschmeckte Sauce aus Gänsefleisch und Gänseblut hergestellt, in anderen Waterkantländern aus Schweine- oder Rindfleisch mit Blut. Dazu gehören seit eh und je Buchweizenklöße, aus Buchweizenmehl oder -grütze, Eiern, Salz und Wasser zubereitet. Sie werden in Fleischbrühe gegart, die an Schlachttagen sowieso als Nebenprodukt anfällt. Buchweizen, kein Getreide, sondern eine Pflanze, die zu den Knöterichgewächsen gehört, wurde in vergangenen Zeiten im Norden Deutschlands feldmäßig angebaut.
Das Getreide des Nordens ist der Roggen. Er stellt keine Ansprüche an den Boden und verträgt das rauhe Klima. Roggenschrot und -mehl werden auch heute noch zuhause verbacken. Ein Beispiel dafür sind die nicht gerade leicht verdaulichen Ostfriesischen Speckdicken. In Westfalen ist der Pumpernickel, aus gegorenem Roggenschrotteig gebacken, zuhause. Hier kocht man nach alten Rezepten kräftig und reichhaltig und liebt das Schwein, den Lieferanten des berühmten Westfälischen Schinkens und vieler leckerer, meist fetter Würste.
Weiter südlich gibt es Obst in Fülle. Durch das südliche Hessen führt die Bergstraße mit Apfelbaumplantagen, Kirschen und Birnen. Dort reifen Eßkastanien, Aprikosen, Pfirsiche, Mandeln und Walnüsse.
Die Pfälzer sind ein Weinvolk und als solches sinnenfroh. Winzerfeste werden überall vom Frühling bis in den Herbst hinein gefeiert. Da werden Bratwürste in Mengen vertilgt und noch mehr wird dem Federweißen, dem jungen Wein zugesprochen.
Wein und Rostbratwürste, wie sie hier heißen, gehören auch im Frankenland zusammen. Das Klima ist rauher, der Wein erdig-herb und kraftvoll. Er verträgt sich wunderbar mit solch deftiger Speise wie dem fränkischen Zwiebelkuchen.
In Schwaben, das zu Baden-Württemberg und Bayern gehört, ist die Liebe zu Kartoffeln nicht sehr groß. Dafür gibt es eine Fülle von Spätzle, Kuchen, Küchle, Krapfen, Nudeln und Flädle. Die Käsespatzen stammen aus dem Allgäu, wo Milchwirtschaft betrieben wird. Auf den echten Käsespatzen steht die zerlassene Butter fingerhoch – der Senner verkraftet's.
Altbayern besteht aus 3 Bauernländern: Oberbayern, Niederbayern und der Oberpfalz. Die Oberpfalz war arm, die Kost bescheiden. Kartoffelschmarren, aus geriebenen Kartoffeln, Mehl, Schweineschmalz und Zwiebeln in der Pfanne gebraten, ist ein gutes kulinarisches Beispiel für diesen Landstrich. In Niederbayern mit seinen großen Getreideanbaugebieten gibt es reiche Bauern und viel und fett zu essen. Berühmt ist das »G'selchte« aus Niederbayern; sorgsam gepökeltes, geräuchertes Schweinernes. In der ländlichen Küche Oberbayerns finden wir viele österreichische Fastenspeisen, meist Mehlspeisen. Der Bedarf an solchen war in den beiden katholischen Ländern groß. Wohlschmekkend sind sie und mächtig, schließlich mußten sie an kirchlichen Fastentagen das Fleisch ersetzen.
Was aß die Landbevölkerung im Osten Deutschlands, dem einstmaligen Hauptgebiet der Landwirtschaft? In Schlesien ging es bescheidener zu als in Pommern und Ostpreußen. Häufig gab es »Kartoffeln mit Stippe«, Pellkartoffeln mit Quark und Leinöl. Klöße aus Kartoffeln, aus Mehl oder auch Semmelklöße waren oft Hauptbestandteil der Mahlzeit, Sauerkraut und verschiedene Rübenarten Beilage.
In Pommern liebte man so ausgefallene Mischungen wie Rindfleisch und Pflaumen, kochte geräucherten Schweinekopf in Grünkohl, machte köstliche Spickgans – geräucherte Gänsebrust – und Tollatschen, Klöße aus Mehl, Semmeln, frischem Schweineblut, Zucker, Rosinen und Anis!
Ostpreußens Küche war mächtig, die bäuerliche besonders. Schmand – Sahne – wurde reichlich verwendet. Fleisch gab es nicht nur sonntags. Bergengruens »kaschubisches Weihnachtslied«, das an das

Christkind gerichtet ist, läßt ein wenig von den Eßgewohnheiten ahnen. Da heißt es:

Kindchen wie wir dich gefüttert hätten!
Früh am Morgen weißes Brot mit Honig,
Wunderweiches Schmorfleisch,
Mittags Gerstengrütze, gelbe Tunke
Gänsefleisch und Kuttelfleck mit Ingwer,
Fette Wurst und goldnen Eierkuchen . . .

Viele Nationalgerichte Österreichs haben, bedingt durch die wechselvolle Geschichte des Landes, internationale Vorbilder gehabt. Doch in den Rezepten der bäuerlichen Küche lebt uralte Tradition fort, an der bis weit in unser Jahrhundert hinein festgehalten wurde. –

Jeder kirchliche Feiertag hatte seinen bestimmten Speiseplan. Am Allerseelentag gab es Bohnensuppe; zur Fastnacht, zu Ostern und am Heiligen Abend Erbsensuppe mit Semmelknödeln als Mittagessen. Am Weihnachtstag wurde Bratl (Schweinebraten) aufgetischt mit gebratenen Kartoffeln, Rettich- und Rübensalat. Dann gab es Krapfen in allen Größen und Formen, auch Germknödl und Guglhupf mit Weinbeerpunkel (Rosinen!).

Die Werktagsküche bot nicht viel Abwechslung: zum Frühstück aß man Milchsuppe oder Sauerkraut und Kartoffeln, hin und wieder auch eine Mehlspeise. Ein Stück Geselchtes oder Surfleisch (Pökelfleisch), Rettich, Speck und Käse zur Jause am Vormittag und auch nachmittags. Zum Nachtmahl wurde Sterz – ein dicker Getreidebrei – mit Brot und Milch verzehrt. Zu messen und zu wiegen brauchte die Bäuerin die Zutaten nicht; sie hatte die benötigten Mengen im Griff. Außerdem verstand sie es ausgezeichnet, mit Kräutern und Gewürzen umzugehen. Trotz des kargen Küchenzettels war das Essen ausgewogen und gesund.

Auch Österreichs Bauernküche zeigt landschaftsgebundene Unterschiede. Im Hörndlbauernland, Gebirgsgegenden mit viel Milchviehwirtschaft, gab es Rahmstrudel, Topfenstrudel und Topfennocken, gesottenen und gebackenen Käse. Die Körndlbauern im Innviertel waren stolz auf ihr weißes Mehl. Im Mühlviertel gedieh die Kartoffel am besten. Die Erdäpfel-Rezepte aus diesem Landstrich sind köstlich und phantasievoll.

Werfen wir noch einen Blick in die Kochtöpfe der Schweizer Bergbauern. Auch hier geht es nahrhaft zu. Das beweist die Bündner Gerstensuppe. Käse spielt natürlich eine große Rolle; Raclette und Käsefondue haben ihren Ursprung in den Schweizer Bergen. Die Schweiz ist ein ausgesprochenes Kartoffelland. Rösti, die Schweizer Bratkartoffeln, gibt es in verschiedenen Varianten. Urner Rösti mit Zwiebeln, Sahne und Käse zubereitet, Berner Rösti aus geriebenen Kartoffeln und Züricher Rösti aus Kartoffelscheiben.

In manchen Bauernfamilien gibt es noch heute Rösti mit Milchkaffee zum Frühstück. Solch ein in Ruhe eingenommenes, kräftiges Frühstück – es muß nicht unbedingt aus Bratkartoffeln bestehen – ist auch für Stadtmenschen ein guter Tagesbeginn.

Nützliche Tips zum Schluß

• Roggenschrot und Hafergrütze, wie sie für die Ostfriesischen Speckdicken benötigt werden, gibt es im Reformhaus und in Naturkostläden. Lassen Sie sich dort Schrot und Grütze frisch mahlen. Frischgemahlenes Getreide enthält mehr Vitamine und schmeckt aromatischer. Diese Läden sind eine sichere Einkaufsquelle für viele »alte« Zutaten wie Gewürze, alle Getreidesorten, ungeschwefeltes Dörrobst, Rübensirup und Mohn.

• Viel bäuerliches Gebäck wird aus Hefeteig hergestellt. Das lebendige Treibmittel Hefe reagiert rascher, wenn nicht nur die Küche mollig warm ist, sonden auch alle anderen Zutaten für den Teig temperiert sind. Deshalb Eier rechtzeitig aus dem Kühlschrank nehmen, die Milch erwärmen und auch die Backschüssel anwärmen.

• Stellt man Nudeln selbst her wie für Schinkenfleckerl, läßt man den dünn ausgerollten Teig am besten 10–15 Minuten trocknen, bevor man ihn weiterverarbeitet. Er klebt dann nicht mehr, die Nudeln lassen sich viel besser schneiden und behalten beim Garen ihre Form.

• Für Teige aus gegarten Kartoffeln eignen sich mehlige Sorten am besten. Die Kartoffeln möglichst einen Tag vorher kochen. Sie lassen sich dann leichter reiben. Den Teig erst unmittelbar vor der Verwendung herstellen und nicht zu lange kneten, denn dadurch wird er weich und klebrig und benötigt mehr Mehl.

• Den Wohlgeschmack verdanken die bäuerlichen Gerichte in erster Linie der Frische ihrer Zutaten. Die meisten wandern aus dem Garten direkt in den Kochtopf. Darum soll das Suppengrün nicht schon eingetrocknet sein, das Laub an Möhren und Kohlrabi knackig frisch, die grünen Bohnen von fester Konsistenz. Falläpfel aus herbstlichem Garten schmecken tausendmal besser als die makellosen Exemplare, die einzeln in Papier gewickelt oder unter Klarsichtfolie abgepackt angeboten werden.

• Marmoriertes Fleisch, von zarten Fettschichten durchzogen, übertrifft vollkommen mageres an Geschmack und schrumpft beim Garen nicht so zusammen. Die altmodischen Schweine mit einer dicken Speckschicht sind erwiesenermaßen doch die gesünderen.

• Für Gerichte mit langer Garzeit ist ein gußeiserner schwerer Topf mit einem gutschließenden Deckel ideal. Die Hitze verteilt sich in solch einem Kochgeschirr gleichmäßig, die Zutaten garen ohne anzubrennen bei niedrigen Temperaturen.

• Eiserne Pfannen und Töpfe dürfen nicht mit Scheuerpulver gereinigt werden. Pfannen nur mit Salz ausreiben und leicht einfetten. Töpfe mit heißem Wasser reinigen, sehr gut trocknen lassen und ebenfalls innen hauchdünn mit Öl einfetten.

• Die Rezepte dieses Buches haben alle einen hohen Brennwert. Man sollte sie jedoch nicht verändern und sie gewaltsam unserem heutigen Kalorienbedarf anpassen, sondern etwas zurückhaltender zulangen und Reste gegebenenfalls einfrieren.

• Als passende Getränke bieten sich an: leichter Landwein, kühles Bier, Apfelsaft und zu Kartoffelgerichten frische Milch oder Buttermilch. Zu süßen wie zu manchen herzhaften Speisen schmeckt auch ein Milchkaffee gut.

Nun wünsche ich Ihnen viel Freude bei dem einen oder anderen »Ausflug« in die hier beschriebenen Gebiete und viele neue kulinarische Entdeckungen.

Benita von Eichborn

Farbfotos: Odette Teubner, Füssen

ISBN: 3-7742-1808-0